新日本语能力考试

N4听解

含MP3光盘

刘文照　海老原博·编著

华东理工大学出版社
EAST CHINA UNIVERSITY OF SCIENCE AND TECHNOLOGY PRESS

图书在版编目（CIP）数据

新日本语能力考试 N4 听解（含 MP3 光盘）/刘文照，（日）海老原博编著. —上海：华东理工大学出版社，2010.11

ISBN 978 - 7 - 5628 - 2918 - 8

Ⅰ.新...　Ⅱ.①刘...②海老原...　Ⅲ.日语-听说教学-水平考试-解题　Ⅳ.H369.9—44

中国版本图书馆 CIP 数据核字（2010）第 203733 号

新日本语能力考试 N4 听解（含 MP3 光盘）

编　著 / 刘文照　海老原博

策划编辑 / 陈　勤

责任编辑 / 车银儿

责任校对 / 张　波

插　图 / 丁天天　陈玉芸

封面设计 / 戚亮轩

出版发行 / 华东理工大学出版社

　　　　　地　址：上海市梅陇路 130 号，200237

　　　　　电　话：(021)64250306(营销部)

　　　　　　　　　(021)64252717(编辑室)

　　　　　传　真：(021)64252707

　　　　　网　址：press.ecust.edu.cn

印　刷 / 江苏句容市排印厂

开　本 / 710mm×1000mm　1/16

印　张 / 16.5

字　数 / 347 千字

版　次 / 2010 年 11 月第 1 版

印　次 / 2010 年 11 月第 1 次

印　数 / 1—8000 册

书　号 / ISBN 978 - 7 - 5628 - 2918 - 8/H·1029

定　价 / 32.00 元(正本＋别册＋MP3 光盘)

（本书如有印装质量问题，请到出版社营销部调换。）

如您对本书有任何建议，请联系：941487073@qq.com

致 读 者

影响听力的三大障碍：

1．单词似乎很熟悉，可就是一下子反应不过来

这是你的耳朵还没有练出来的缘故。一般情况下，我们的听觉能力落后于视觉能力，要克服这个致命的弱点，没有什么捷径可走，只有多听多练。我们人类从牙牙学语之前首先要解决的是听，只有听懂了，你才能做出反应。

2．单词听不懂

这就不是上面提到的问题了。听力试题中涉及的词汇要大大低于读解所要求掌握的词汇量，至少要非常熟悉该级别 50%～60% 的词汇量（可参考拙作《新日本语能力考试 N4 文字词汇解说篇》，里面摘录了约 1310 个相当于 4 级水平的词语）。这里所说的"熟知"，是指当听到某个发音时，必须立刻知道它是什么意思。

3．不熟悉日语的口语表达形式

如果是阅读，你可以做到几乎没有什么不懂的语法，几乎没有什么看不懂的句子，那是因为文章中所使用的语法表达形式大多是很规范的。但听力则不然。日常生活中很少有人像朗读文章似的跟人谈话。当然，这不是说日本人平时说话时所用的语法表达很不规范，而是会话有会话的语法体系，即平时所说的口语语法。日语口语语法最主要的三个特点：一是简体，二是省略，三是语气语调。

当然还可以举出其他影响听力提高的种种不利因素，但是上面这三点恐怕是最需要解决的问题。如何解决？命运就掌握在你自己手里。

参与本书编写的还有海老原恭子、吴敏、陈平安、李爱珍、钱敏、范丽平等。

本书 MP3 由日本专家灌录，在此表示衷心的感谢。

囿于作者水平，书中错误在所难免，敬请指正。

编 者
2010 年 9 月

关于本书

● 内容构成

本书是以考试组织单位"独立行政法人国际交流基金"和"财团法人日本国际教育支援协会"所编的「新しい『日本語能力試験』ガイドブック」「新しい『日本語能力試験』問題例集」(《新日本语能力考试指南》以下简称"考试指南",《新日本语能力考试问题集》)为依据编写而成。

全书共分四大部分
(1)課題理解(课题理解)
(2)ポイント理解(要点理解)
(3)発話表現(情景表达)
(4)即時応答(即时应答)

● 特色

一、题材丰富

所选用的题材包括日本的社会生活、文化、风土人情、教育、科技、时尚等。

二、难度适中

为了尽可能接近真题,在词汇、语法等选用上特别留意文本的难易程度。

三、录音标准

无论是语速还是会话形式上,都模仿全真试题,尽量创造一种"听此录音,如同现场考试一般"的临场效果。

四、提示重要句子

对涉及答案的重点句子进行重点提示,以便能帮助读者更好地理解。

五、参考译文

所有录音文本都翻译成了中文,有助于对整个文本的理解。

六、提高听力,不分先后

尽管本书的练习部分是按照出题形式编排的,但是读者可以从任何一道题目开始练习,因为每道题目都提示了关键句。

● 学习方法

学习本书时,编者有以下建议供参考。

步骤 1:粗听

先不要看听解文本,粗略地听一遍,了解大概的意思,试着做一次答案选择。

步骤 2:细听

借助关键句提示,反复逐字逐句地听,关键要理解影响答案的关键词、语法以及表示"或肯定或否定"的语气、省略部分等。

步骤 3:检验

一边对照听解原文,一边确认你的理解是否正确。这时也可以参考译文。

在练习听解时,不要太拘泥于答案的正确与否,重点应该放在综合实力的培养上。听力不是在短时间内靠突击就能达到明显效果的,而是要靠点点滴滴"练耳"的积累。功到自然成,希望这本听力书对你能有所帮助。

目次

もんだい
問題1

かだいりかい
課題理解

● 试题特点

根据"考试指南"介绍，该题型是为了测试考生能否在某种情景中听懂解决具体课题所需信息，采取适当的行动(如必须要做什么事情或不应该做的事情、行为的顺序、前往何地、选择或购买什么物品、选择什么工具等)，搞清楚数量关系(如时间、金额、人数、次数等)。选项由文字或插图表示。插图尽可能贴近现实生活，内容多为现实生活中都能接触到的事物。

该试题为了使考生明确课题，会在听正文前提示背景说明并提问。正文播放后还会再次提示问题。

常见提问形式有："…はこれから(このあと、最初に)何をしなければなりませんか""…は何を買います(選びます、食べます、プレゼントをします…)か""…は…とき(場合)どのようにしますか(どうしますか、どんな方法でやりますか""…は…にどんな指示を出しますか""…がしてはいけないことは何ですか""…がこれから行くのはどこですか""…をどこに入れます(置きます)か""…の正しい順序はどれですか""…はいつ(いくら…)"等。

● 试题形式

该试题的流程为：

```
              听                              解
  ①情景说明·提问→②正文→③提问   ⇒   选项(有文字或插图)
```

1. 听情景说明和提问。
2. 播放正文。
3. 再次播放提问。
4. 从试题的四个选项中选择一个正确答案。

問題1　課題理解

　　問題1では、まず、質問を聞いてください。それから話を聞いて、問題用紙の1から4の中から、正しい答えを一つ選んでください。

> ◎ 次に何をするのが適当かを選ぶ問題

　　試題主要渉及"某人接下来干什么、跟谁一起干什么、該事情怎么做、怎么办"等。

1番　🎧001

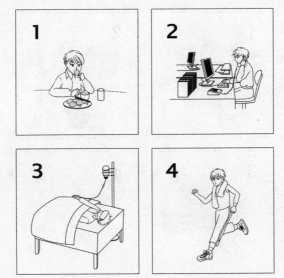

> キーワード

●おなかがまた出てきたね。たくさん食べるし、運動もしないし、だから、こうなるのよ。

●うん、分かったよ。明天から。

2番　🎧002

1　左の　方を　見ます

2　右の　方を　見ます

3　上の　方を　見ます

4　下の　方を　見ます

キーワード

● 左 の方ばかり見ていないで、こっちを見て…。

3番　🎧003

キーワード

● 今日は？そうか、1週間分溜まっているからな。

4番　🎧004

1　猫を　飼います
2　犬を　飼います
3　小鳥を　飼います
4　何も　飼いません

キーワード

●二匹じゃ、多すぎるわね。
●小鳥なんか、どう？…でも、弱いからすぐ死ぬそうよ。

5番　🎧005

1　時計を　忘れない　ように　します
2　家に　連絡しない　ように　します
3　早く　帰る　ように　します
4　遅くまで　働く　ように　します

キーワード

●若い娘がなんだ。今、何時だと思っているんだ！

6番　🎧006

1　頭を　きれいに　します
2　帽子を　買います
3　掃除を　します
4　荷物を　調べます

キーワード

●朝のうちに、掃除や洗濯をしてしまいます。

7番　🎧007

1　車に　乗ります
2　車を　止めます
3　道の　まん中を　歩きます
4　道の　端に　寄ります

キーワード

●あっ！あぶない。車が来るわよ。

8番　🎧008

1　ノックして　聞いて　みます
2　家に　入って　確認して　みます
3　探すのを　止めます
4　探し続けます

キーワード

●いや、きっとこの家じゃないよ。もうちょっと見てみよう。

9番　🎧009

キーワード

●近頃していないから、サッカーをします。

10番　🎧010

1　映画に　行きます

2　コンサートに　行きます

3　映画と　コンサートに　行きます

4　映画にも　コンサートにも　行きません

キーワード

●スマップが出ている映画もやっているわよ。

●それならいいか。じゃ、それにしよう。

11番　🎧011

1　パンを　食べ、たまごも　食べます

2　パンも　たまごも　食べません

3　たまごを　食べ、牛乳も　飲みます

4　たまごを　食べ、牛乳は　飲みません

キーワード

●卵だけ食べて行きなさい…のどが乾くといけないから、牛乳も飲んでいきなさい。

12番　🎧012

1　旅行は　行います

2　旅行は　行いません

3　行くか　どうか、五日前までに　決めます

4　行くか　どうか、三日前までに　決めます

キーワード

● (雪が) 少ない場合は三日前までにお知らせします。

13番　🎧013

1　熱い　お湯で　飲みます

2　冷たい　水で　飲みます

3　温い　お湯で　飲みます

4　きれいな　水で　飲みます

キーワード

●まず、コップにこの薬を入れ、次に熱いお湯を入れて飲むんです。

14番　🎧014

1　公園に　近い　アパートに　します

2　駅に　近い　アパートに　します

3　スーパーに　近い　アパートに　します

4　隣の　町に　近い　アパートに　します

キーワード

> ●私、隣の町のスーパーで働いているんです。毎朝、電車に乗らなければ
> なりませんので…。

15番　🎧015

1　痛いので、飲みます

2　痛くないので、飲みません

3　痛くなくても　飲みます

4　痛いけど、飲みません

キーワード

> ●お医者さんが痛みがなくなったら、飲まなくてもかまわないと言ったから
> ね。

16番 🎧016

1　傘を　買います

2　傘を　持って　行きます

3　台所を　手伝います

4　傘を　探します

キーワード

●お父さん、傘持って出なかったのよ。

●バス停まで持って行ってお父さんに渡してくれる？…しょうがないなあ。

17番 🎧017

1　テーブルの　上を　片付けます

2　テーブルの　上に　皿を　置きます

3　テーブルの　上を　拭きます

4　テーブルを　真ん中に　動かします

キーワード

●美恵ちゃん、テーブルの上片付けてね。もうすぐご飯だから…。

18番 🎧018

1 学校を 休みます

2 学校を 休みにさせます

3 病院に 行きません

4 病院と 学校に 行きます

キーワード

●明日 病院に行きますので、学校を休ませてください。

19番 🎧019

1 おばさんです

2 おじさんです

3 おとうさんの お姉さんです

4 おかあさんの お姉さんです

キーワード

●高そうな時計ね。買ったの?…ううん、もらったんだよ。おじさんに。

20番　🎧020

1　石川さん

2　山田さん

3　大森さん

4　田中さん

キーワード

●えっ、山田さんのお宅じゃありませんか。

◎ 何をやっているのか、何をやったのかを選ぶ問題

　試題主要涉及"某人現在正在干什么或者已经干了什么事情"等内容,包括干了什么、买了什么、吃了什么等。

1番　🎧021

キーワード

- -
　●302号室だよね。ここだ！あれ、夢の中だよ。
- -

2番　🎧022

1　おばあちゃんの　家へ　行って　います
2　テレビを　見て　います
3　ケーキを　食べて　います
4　宿題を　して　います

キーワード

●これ、終わったら行くよ…また目に悪いことしているの？

3番　🎧023

キーワード

●うちの上の子もだいたい同じなんだ。頭の左側と右側、両方とも使えるし、指の運動にもなるといって、土日に母親に行かされているんだ。

4番　🎧024

キーワード

●社長ですか。ただ今うちの社長はお客様のための工場案内について会議中なんですが…。

5番　🎧025

1　女の人の　痛い　ところを　聞いて　いる
2　女の人の　痛い　ところを　撫でて　いる
3　女の人の　痛い　ところを　書いて　いる
4　女の人の　痛い　ところを　押して　いる

キーワード

●押してみますから、痛かったら言ってください。

6番　🎧026

キーワード

●ああいう、動きの速いのもいいですが、緑の中でゆっくり白いボールを追っていくのがいいですね。

7番　🎧027

1　友だちと　食事を　しました

2　一人で　散歩を　しました

3　一人で　コーヒーを　飲みました

4　友だちと　話を　しました

キーワード

●久しぶりの友達に会って喫茶店で話していたら、昼休みが終わってしまった。

8番　🎧028

　1　買いました
　2　もらいました
　3　あげました
　4　拾いました

キーワード

●いただきものですから…。

9番　🎧029

　1　勉強を　させました
　2　野菜を　食べさせました
　3　早起きさせました
　4　寝坊させました

キーワード

●兄は寝坊させてくれませんでした。

10番　🎧030

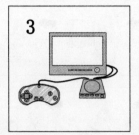 

キーワード

●じゃ、パチンコ？…また、負けたけどね。

◎ どんな順番_{じゅんばん}でいくのが適当_{てきとう}かを選_{えら}ぶ問題_{もんだい}

　　試題主要涉及"某人或若干个人按照怎样的前后顺序做事情或选择物品"等。
一般多为三至四件事项或物品。

1番 🎧031

キーワード

●学校_{がっこう}から帰_{かえ}ったら自分_{じぶん}で着_きがえをします。

●その前_{まえ}によく手_てを洗_{あら}いましょうね。

●それから晩_{ばん}ご飯_{はん}まで1時間_{じかん}ぐらいは勉強_{べんきょう}しましょう。

2番　🎧032

1　手を広げる➡手を上げる➡足を開く➡手を肩に置く
2　手を広げる➡手を上げる➡手を肩に置く➡足を開く
3　手を上げる➡手を肩に置く➡足を開く➡手を広げる
4　手を上げる➡手を肩に置く➡手を広げる➡足を開く

キーワード

●まず、両腕を上に上げて…次に、手をそれぞれ反対側の肩に置いて…それから、両足を開きながら両腕を横に広げます。

3番　🎧033

1　電話➡電車➡バス
2　電車➡バス➡電話
3　バス➡電話➡電車
4　電話➡バス➡電車

キーワード

●電車に乗る前に電話するわ…じゃあ、バスに乗る前に電話するわ…それより、アパートに着いてからでいいよ。

4番 🎧034

1 本屋➡花屋➡スーパー

2 本屋➡スーパー➡花屋

3 花屋➡本屋一➡スーパー

4 花屋➡スーパー➡本屋

キーワード

●本屋に行って、帰りにスーパーに寄る…。

●花屋ってたしかスーパーの向かいだったよね。…じゃ、最後に見てくるよ。

5番 🎧035

1 晴れ➡曇り➡雨

2 晴れ➡雨➡曇り

3 雨➡晴れ➡曇り

4 雨➡曇り➡雨

キーワード

●でも、明日は朝から雨らしいですよ。

●えっ、一日中ですか…午後には止むらしいですけど、夕方からまた…。

6番 🎧036

1 お酒を飲む➡寝る➡日記をつける
2 お酒を飲む➡寝る➡お風呂に入る
3 日記をつける➡お酒を飲む➡寝る
4 日記をつける➡寝る➡お風呂に入る

キーワード

●ゆうべは飲みすぎて、ご飯も食べないで、ソファーで寝てしまったらしいんです…風呂に入ったまでは覚えているんですが、日記のほうは…。

7番 🎧037

1 しょうゆ➡野菜➡肉
2 しょうゆ➡肉➡野菜
3 野菜➡肉➡しょうゆ
4 肉➡野菜➡しょうゆ

キーワード

●先生、本には野菜は最後で、最初はしょうゆって書いてありますけど…あれっ、ほんとだ。

8番　🎧038

1 電車➡バス➡自家用車
2 電車➡バス➡タクシー
3 バス➡電車➡タクシー
4 バス➡電車➡自家用車

キーワード

●電車をおりたら、バスに乗り…。
●いいよ、タクシーで行くから。

9番　🎧039

1 猫➡花➡主人➡子供
2 猫➡子供➡主人➡花
3 花➡猫➡主人➡子供
4 花➡猫➡子供➡主人

キーワード

●庭の花に水をやったり、猫に餌をやったり、子供が小さいから、これも食べさせてあげなくちゃいけないでしょう。
●お腹が空いたと口で言えない順番ね。

10番　🎧040

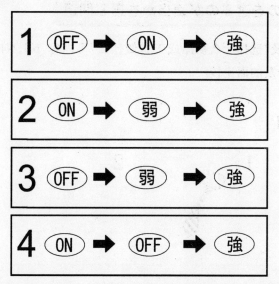

キーワード

●あっ、だめ。このエアコン壊れているの。まず、一度切ってから入れ直してね。

◎ どんなものを選ぶのが適当かを選ぶ問題

　　試題主要涉及"选择什么物品或工具做什么"等内容，N5、N4试题主要为单一物品的选择，但涉及的面比较广。

1番　🎧041

キーワード

●何かアクセサリーがいいんじゃない？…ちょっと高いけど、二十歳のお祝いだからね。

2番　🎧042

1　白い　靴
2　赤い　靴
3　いぬ
4　ねこ

キーワード

●玄関にあるでしょう…赤い靴しかないよ。

3番　🎧043

キーワード

●今日は、傘を買おうと思って行ったんですが、この帽子が安かったもので…。

4番　🎧044

キーワード

●ハンカチは、忘れないでください。歩くと暑くなりますからね。

5番　🎧045

1　財布
2　カード
3　カードの　番号
4　鍵

キーワード

●ここにカードを入れて…。あれ、何番だったかな。えーと…。

6番　🎧046

キーワード

●この辛さが、一番だね。
●おれはひと皿で十分だ。

7番　🎧047

1　エアコン
2　冷蔵庫
3　洗濯機
4　扇風機

キーワード

●困った。きょう、冷たいビールが飲めないなあ。

8番　🎧048

1　野菜だけです
2　野菜と　卵です
3　卵だけです
4　野菜と　肉です

キーワード

●あら、卵も入っているのね。野菜だけかと思ったら…。

9番　🎧049

1　とけい
2　めがね
3　しんぶん
4　かがみ

キーワード

●これがなかったので、けさ、新聞が読めなかったんですよ。

10番 🎧050

1 船（ふね）
2 飛行機（ひこうき）
3 バス
4 電車（でんしゃ）

キーワード

●ちょうど台風（たいふう）が来（き）てね。
●船（ふね）はやはりだめだって。しかたなくずいぶんお金（かね）をかけて…。

11番 🎧051

1 車（くるま）で 行（い）きます
2 バスで 行（い）きます
3 歩（ある）いて 行（い）きます
4 電車（でんしゃ）で 行（い）きます

キーワード

●駅（えき）まで歩（ある）いてその後（あと）急行（きゅうこう）で行（い）くしかないな。

12番　🎧052

1　ビールと　サラダ

2　ビールと　サラダと　サンドイッチ

3　サラダと　サンドイッチ

4　サンドイッチと　ケータイ

キーワード

> ●ビール出_だしておこうか…それよりサラダを出_だしておいて。
>
> ●わかった。サンドイッチもあるけど…じゃ、それも一緒_{いっしょ}にお願_{ねが}い。

13番　🎧053

キーワード

> ●音_{おと}の出_でる乗_のり物_{もの}がいいんじゃない？…ピーポ、ピーポってやつか。

14番 🎧054

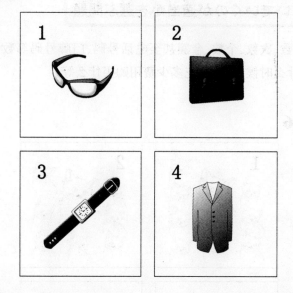

1

2

3

4

キーワード

●これで、今日から人に時間を聞かなくてもいいよ。

15番 🎧055

1 牛乳

2 コーヒー

3 お茶

4 水

キーワード

●食事のとき、今の子供はお茶じゃなく、お水を飲みますよね。

◎ どれぐらいでいくのが適当かを選ぶ問題

　　試題涉及人数、次数、个数、金額甚至电话号码、门牌号码等数量。譬如由几个人干什么事情、什么时候干什么、花多少费用购买什么等。

1番　🎧056

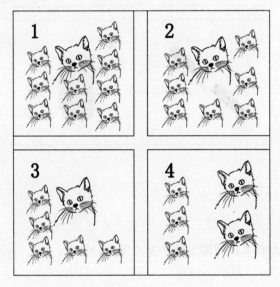

キーワード

●それが8匹も生まれたんですよ。それで母がたいへんだろうと思って、生まれて数日後、友達に3匹やったんだよ。

2番　🎧057

1　60円

2　120円

3　420円

4　480円

キーワード

●ここからだと、一人270円よ。

●次のバス停からだと、210円になるわ…じゃ、歩こうか。

3番　🎧058

1　11,000円

2　10,000円

3　9,000円

4　6,000円

キーワード

●12,000円もらった…返さなくちゃならないのが、A君へ2,000円、Bさんへ1,000円、C君へ3,000円。ああ、C君へはもう返したんだ。

4番　🎧059

1　100円

2　200円

3　300円

4　400円

キーワード

●そちらは200円でございます…じゃ、2本ちょうだい。

●あっ、お客様これは500円ではありません。100円ですよ。

5番　🎧060

1　35人

2　40人

3　45人

4　50人

キーワード

●日本語のクラスに…去年は35人でしたね…今のところ去年より15人多く入りました。

6番　🎧061

1　10人

2　6人

3　5人

4　3人

キーワード

●水曜だと、5人は無理です。3人なら…。

●けっこうです。木曜日はだめでしょうか。

●木曜はちょっとね…。こちらも忙しいものですから…。

7番　🎧062

1　40本

2　30本

3　20本

4　10本

キーワード

●一日40本ぐらいだったかな…今はその四分の一ぐらい。

8番　🎧063

1　14回

2　13回

3　12回

4　11回

キーワード

●たいてい年に2回は帰りますね。もう東京に出て7年になりますが。

●1回の年も1年ありましたよ。

9番　🎧064

1　10冊

2　6冊

3　5冊

4　4冊

キーワード

●今月は風邪を引いてしまい、半分ぐらいしか読めませんでした。

●今5冊目の途中なんです。

10番　🎧065

　1　20度ぐらい

　2　25度ぐらい

　3　30度ぐらい

　4　35度ぐらい

キーワード

●昨日は今年最初の35度だったそうよ。

●明日は、今日より10度も低くなるそうだよ。

11番　🎧066

　1　60歳

　2　65歳

　3　70歳

　4　75歳

キーワード

●おたくのおばあさん、おいくつになるのかしら…ちょうど60です。

●おじいさんは?…年が離れていて15も年上なんだよ。

●じゃ、うちのおじいちゃんが5つ下だわ。

12番　🎧067

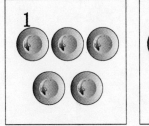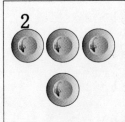

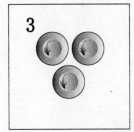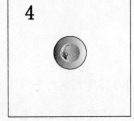

キーワード

●1枚ね、子供が落としちゃってね。

13番　🎧068

1　1階

2　2階

3　3階

4　4階

キーワード

●お年寄りのいる家庭は一番下、その上がお子さんのいる家庭、その上が夫婦だけの家庭…。

14番　🎧069

1　702号室の　次です

2　703号室の　次です

3　704号室の　次です

4　706号室の　次です

キーワード

●4の数字はよくないから…。

●じゃ、705は…。

15番　🎧070

キーワード

●半年前60キロもあったのよ。目標は15キロ落とすこと…45キロか。

●目標まであと5キロよ。

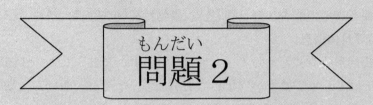

もんだい
問題 2

りかい
ポイント理解

●试题特点

根据"考试指南"介绍,该题型是为了测试考生能否通过听录音抓住内容要点的试题。录音有情景提示,在提示问题后还留有时间让考生阅读考卷上的选项。N1、N2、N3的试题主要考查考生能否理解录音正文中所涉及的人物心情(例如对事物的看法或评价以及对要点的阐述、愿望、要求等)及相关事由、目的等;N4、N5的试题主要考查考生能否理解日程、地点、事物特征(包括人物、动物、景致、物品等特征在内)等具体信息。

常见提问形式有:"どうして…と言っていますか""どうして…するか(しないか)""…はどうしてですか(なぜですか)""…は何がいちばん大切(楽しい…)と言っていますか""…は何がいちばん好きですか"等。

●试题形式

该试题的流程为:

听	解
①情景说明·提问→②阅读选项→③正文→④提问 ⇒	选项(有文字或插图)

1. 听情景说明和提问。
2. 阅读选项。
3. 播放正文。
4. 再次播放提问。
5. 从试题的四个选项中选择一个正确答案。

問題2　ポイント理解

問題2では、まず、質問を聞いてください。その後、問題用紙を見てください。読む時間があります。それから話を聞いて、問題用紙の1から4の中から、正しい答えを一つ選んでください。

◎ 出来事の原因・理由・目的は何かを選ぶ問題

試題主要涉及事情的起因、做事的理由、行为目的，即"为什么这么干?""这样干的理由或目的是什么"等。

1番　🎧071

1　駐車場が　狭いからです
2　客が　少ないからです
3　道路が　できるからです
4　値段が　高いからです

キーワード

●今度ここにバス用の道路ができるからです。

2番　🎧072

1　とても　辛いからです

2　朝　食べたばかりだからです

3　ゆうべ　食べすぎたからです

4　ハンバーグの　ほうが　好きだからです

キーワード

●ゆうべ食べたんだろう…そうなの。残ったのを、けさもパンと一緒に食べたのよ。

3番　🎧073

1　男の人が　好きだからです

2　男の人の　友達が　描いたからです

3　女の人が　ほめたからです

4　女の人が　小さくて　安いと　言ったからです

キーワード

●君がほめたからじゃないか…大きいのに、安いって言ったじゃないか。

4番　🎧074

1　バスが　遅れたからです

2　ゆうべ　遅くまで　起きていたからです

3　道が　込んで　いたからです

4　ガソリンが　なくなったからです

キーワード

●車で来たんだ…走っていたらガソリンがなくなっちゃって…。

5番　🎧075

1　食堂の　ご飯が　まずいからです

2　体の　具合が　よく　ないからです

3　太らないためです

4　家を　建てるためです

キーワード

●家を建てるのに金を準備しているんだ。

6番　🎧076

1　時計が　壊れて　いたからです

2　時計を　止めたからです

3　時計を　かけ間違えたからです

4　時計を　かけ忘れたからです

キーワード

●7時30分に鳴ったもの。

7番　🎧077

1　テストが　難しかったからです

2　メガネを　持って　いなかったからです

3　テスト中に　寝て　しまったからです

4　勉強しなかったからです

キーワード

●メガネをかけたまま寝ちゃって…。朝起きたら壊れていたんだ。

8番　🎧078

1　上の　子供が　うるさいからです

2　隣の　犬が　うるさいからです

3　子供が　犬が　嫌いだからです

4　子供が　猫が　嫌いだからです

キーワード

●隣に犬を連れて引っ越して来た人がいましてね。

●子供が怖がるんですよ。

9番　🎧079

1　時間を　間違えたからです

2　建物を　間違えたからです

3　場所を　間違えたからです

4　人を　間違えたからです

キーワード

●10時に新宿駅でと約束したんだけど、先生いらっしゃらないんだよ。

●30分待ってもいらっしゃらないから、先生のお宅に電話したんだよ。奥さんが電話で先生は東京駅へ行ったって。

10番　🎧080

1　医者に　言われたからです

2　奥さんが　嫌がるからです

3　火事の　原因に　なるからです

4　止めたら　太るからです

キーワード

●ほんとはね、火事の原因で一番多いのがタバコの火だって、新聞に書いて
あったんだ。それで…。

11番　🎧081

1　パソコンが　ないからです

2　パソコンが　できないからです

3　えんぴつは　消せるからです

4　ボールペンは　消せないからです

キーワード

●よく間違えるから…。ボールペンは消すのが大変なんだ。えんぴつなら消
しゴムですぐ消せるから。

12番　🎧082

1　体の　具合が　悪いからです

2　友達が　いじめるからです

3　先生が　怖いからです

4　友達が　休んで　いるからです

キーワード

●好きな友達が病気で休んでいるんだよ。

13番　🎧083

1　考え方が　しっかりして　いないからです

2　目が　悪くて　物が　見えないからです

3　メガネを　かけて　いるからです

4　色の　違いが　分からないからです

キーワード

●目が悪いというのは赤とか、黒とか分からないという意味なんだよ。

14番 🎧084

1　会社に　行くためです

2　彼女と　遊びに　行くためです

3　両親と　出かけるためです

4　友達と　遊びに　行くためです

キーワード

●両親が足が悪くてどこへも出られなくなったんだよ。

15番 🎧085

1　かわいいからです

2　おもしろいからです

3　お金が　あるからです

4　寂しいからです

キーワード

●いや、みんな寂しいんだと思うよ。

◎ 出来事の時間、日程はいつかを選ぶ問題

　　試題主要渉及事情的日程安排，即何年何月何日何时干何事。比如列车出发的时间、上班的时间、晚会的时间、旅行的日程等。

1番　🎧086

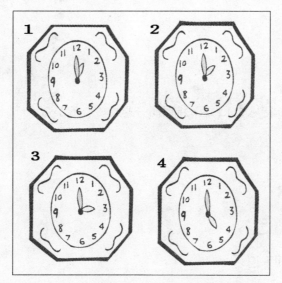

キーワード

●今日の試合5時からでしょ。

●それが、夕方から雨になりそうなので、2時間早くなるらしいんだ。

2番　🎧087

1　4時35分

2　4時40分

3　4時45分

4　5時

キーワード

●4時40分だよ。待って、おれの時計5分遅れているから。

3番　🎧088

1　朝　6時ごろ

2　昼　11時ごろ

3　昼　12時40分

4　昼　1時40分

キーワード

●11時ごろになると、「もうそろそろだよ。」と医者が言ってくれました。1時間40分してから、元気な泣き声が聞こえてきました。

4番　🎧089

1　8時

2　8時10分

3　8時50分

4　9時

キーワード

●で、電車は何時なの？…9時なんだ。だから、10分前には来ていて。

5番　🎧090

1　6時30分ごろ

2　7時ごろ

3　7時30分ごろ

4　8時ごろ

キーワード

●朝六時半には、母に起こされるけど、三十分ぐらいはベッドの中にいるよ。

6番　🎧091

1　7時ごろ

2　8時ごろ

3　9時ごろ

4　10時ごろ

キーワード

●分かりました。9時では遅すぎますので、その前に電話します。

7番　🎧092

1　10時

2　10時15分

3　10時30分

4　10時45分

キーワード

●10時から10時半ぐらいでしたら…。

●じゃ、そのあいだぐらいに行ってみます。

8番　🎧093

1　10時

2　11時

3　12時

4　1時

キーワード

●10時に風呂に入って、1時間は勉強したけど、眠くなって電気つけたままで…。

9番　🎧094

1　四日間

2　五日間

3　六日間

4　七日間

キーワード

●僕も七日間休みが欲しかったんだよ。だけど、四日と五日は仕事になってね。

10番　🎧095

1　9日

2　10日

3　11日

4　12日

⬭ キーワード

●先生が明日でなければ、いつ来てもいいと言った…。

●今日は10日でしょう。だから…。

11番　🎧096

1　金曜日

2　木曜日

3　水曜日

4　火曜日

⬭ キーワード

●パソコン研究会の次の日に、ご出発ですね。

●パソコン研究会は水曜日だったかな？…いいえ、木曜日です。

12番 🎧097

1	2		3		4	
日	月	火	水	木	金	土
					1	2
3	4	5	6	7	8	9
10	11	12	13	14	15	16
17	18	19	20	21	22	23
24	25	26	27	28	29	30

キーワード

●野菜などの生ゴミが月曜日と木曜…雑誌や新聞が火曜日… 机 などの大きなゴミが金曜日…土曜日と日曜日は休み…。

13番 🎧098

1　2月1日

2　2月11日

3　4月4日

4　4月14日

キーワード

●家も、年は3つ違うけど、生まれた月は2月で同じなのよ。姉は 私 より10日早くて1日…。

14番　🎧099

1　たぶん　明日だよ

2　来週の　五日だね

3　つい、昨日なんだ

4　一ヶ月後さ

キーワード

●来月、大阪に引っ越すんだ。

15番　🎧100

1　この　店の　先週の　値段

2　この　店の　今日の　値段

3　あそこの　店の　先週の　値段

4　あそこの　店の　今日の　値段

キーワード

●この店、先週は150円だった…。

●あそこの店、先週は90円で安いと思った…。

◎ 場所、位置、方向はどちらかを選ぶ問題

　　試題主要渉及事情発生或進行的場所、人物或物品存在的位置、交通路線的選択甚至房間的朝向、風向等。

1番　🎧101

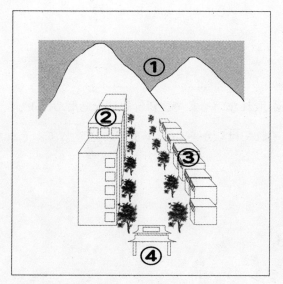

キーワード

●この目の前の大きな門は、神社の入り口なの。

2番　🎧102

1　空港
2　駅
3　ホテル
4　会社

キーワード

●それが、切符が取れないそうで、新幹線になったんだよ。

●そうですか。それでは駅からホテルまでお送りして、それから、会社に戻ります。

3番　🎧103

1　レストランの　前
2　駅の　前
3　デパートの　前
4　本屋の　前

キーワード

●ちょうど、ぼく雑誌買うから、そこの前で待っていよう…わかったわ。

4番　🎧104

1　レストラン
2　病院
3　タクシー会社
4　デパート

キーワード

●お客さんを待つのがわたしの仕事です。天気がいい日より、雨の日の方がお客さんが多いですね。

5番　🎧105

1　会社の　食堂
2　レストラン
3　すし屋
4　ラーメン屋

キーワード

●ラーメンなら食堂のほうがうまいから、また会社に戻った。

6番 🎧106

1 台所の　窓からです

2 二階の　窓からです

3 玄関からです

4 台所からです

キーワード

●台所の鍵はかかっていませんでしたね…家を出る時、かけ忘れたかもしれませんね。

7番 🎧107

キーワード

●じゃ、テレビの横ね…ここなら安心だ。

8番 🎧108

キーワード

●鍵^{かぎ}はあなたのポケットに入^いれたの。

9番 🎧109

1 会社^{かいしゃ}
2 酒屋^{さかや}
3 薬屋^{くすりや}
4 菓子屋^{かしや}

キーワード

●ほら、お父^{とう}さん会社休^{かいしゃやす}んでいるでしょ。昨日^{きのう}の晩^{ばん}、お酒飲^{さけの}みすぎたし、風
邪引^{ぜひ}いているからって…わかった。薬屋^{くすりや}さんだね。

10番　🎧110

1　上の　前の　歯が　痛い

2　下の　奥の　歯が　痛い

3　上の　奥の　歯が　痛い

4　下の　前の　歯が　痛い

キーワード

●今日は、上の歯なんです…前のほうのなんです。

11番　🎧111

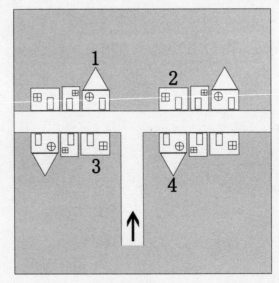

キーワード

●この道をまっすぐ行って左に曲がったところの右手にある、最初のお店です。

12番　🎧112

1　子どもの　部屋に　しまいます

2　部屋の　隅に　しまいます

3　押し入れに　しまいます

4　その　ままに　します

キーワード

●じゃ、押し入れに入れたら？

●入るかしら…入れてみよう。よーし、ちょうど入った。

13番　🎧113

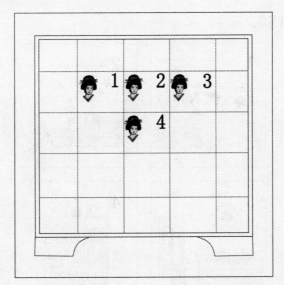

キーワード

●ちょうど真ん中になるんだな。どうもおもしろくない。

●上か、それより左の上は？

14番　🎧114

1　テーブルの　上

2　いすの　上

3　床

4　台所

キーワード

●下に置かないで、まだ掃除してないから。

●じゃ、テーブルの上でいいかな…だめよ。

●台所はいろいろ置いてあるし…。

15番　🎧115

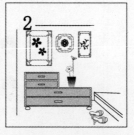
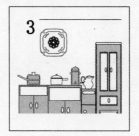

キーワード

●地図の隣はどうかしら？…やっぱり、あの隣しかないんじゃない？

◎ どんな形・かっこう・様子かを選ぶ問題

　　包括人物或动物的长相、装束打扮、建筑或物品的形状、图形的描绘、广告的设计、环境、气候等,涉及面也比较广。

1番　🎧116

キーワード

> ●毎日朝から晩まで仕事で忙しくて、剃る暇なかったよ。

2番　🎧117

キーワード

●2番目と4番目だけ眼鏡をかけています。4番目は2番目より太っています。

3番　🎧118

キーワード

● 私は姉ほど高くありませんが、母よりは高いです。

4番　🎧119

キーワード

●この前、テレビで見たんだけど、毛が多くて長いのを。でも、この虫は毛もないし…。

●うんー、名前は知らないけど、野菜が大好きなようだ。

5番　🎧120

キーワード

● 小さい犬です。体が白くて黒い丸が体全部にたくさん付いています。

6番　🎧121

キーワード

●白くてきれいな鳥だね。

●でも、頭のところだけ黒いのよ。

●こっちを見ているよ。

7番　🎧122

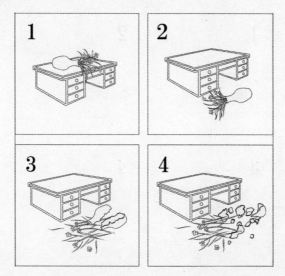

キーワード

●あら！花瓶（かびん）が落（お）ちているわ！…あっ、二（ふた）つになっちゃってる！

8番　🎧123

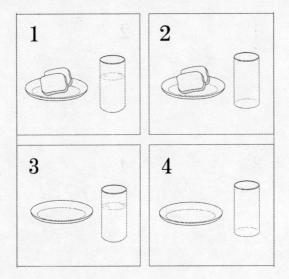

キーワード

●牛乳だけ飲んで…。

●変ね、だれか食べたのかしら。

9番　🎧124

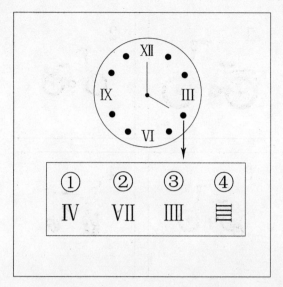

キーワード

●縦で4つの「Ⅰ」なんですよ。

10番　🎧125

キーワード

●じゃあ、やっぱり車が三つのね…じゃ、ぼくが買うよ。

11番　🎧126

キーワード

●小さい花は短く切ったほうがいいよ。
●大きい花も小さい花も山の形にしたら？…だめよ、そんなの。

12番　🎧127

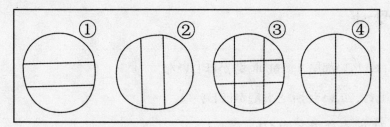

キーワード

●あれ？これ、2本も多くなりました。それに縦線じゃだめですよ。

13番　🎧128

1　太りました

2　痩せました

3　大きく　なりました

4　かわりません

キーワード

●服が急に大きくなったみたいなんだ。

14番　🎧129

1　部屋＋駐車場

2　部屋＋台所＋庭

3　台所＋庭

4　部屋＋台所＋駐車場

キーワード

●ぼくは、広い部屋と、駐車場がほしいな。

●わたしは、広い台所とお庭がほしいな。

●庭を駐車場にできない？…だめよ。

15番　🎧130

1　乾いて　います

2　濡れて　います

3　洗って　います

4　汚れて　います

●朝から出してあるし、お天気だったから、大丈夫だと思うわ。

16番　🎧131

●20年前は何もない山ばかりの村だったんですよ。

17番　🎧132

1　古いです

2　新しいです

3　固いです

4　柔らかいです

キーワード

●これだけ、よく煮たから大丈夫でしょう。

18番　🎧133

キーワード

●遠くに山も写っていますね。右側にあるのがホテルです。

19番　🎧134

1　きのうは　雨で、きょうも　雨です

2　きのうは　雨で、きょうは　晴れです

3　きのうは　晴れで、きょうも　晴れです

4　きのうは　晴れで、きょうは　雨です

キーワード

●きょうじゃなくてよかったわ。

20番　🎧135

キーワード

●明日の午前中まで、雲が残りますが、午後は日差しが戻るでしょう。

◎ どんな考え・気持ち・意見かを選ぶ問題

　　試題主要涉及人物的心情、想法、意见、评价等。例如喜欢什么、讨厌什么、什么最快乐、应该采取什么措施等。

1番 　🎧136

1　まじめで　親切な　タイプです

2　難しい　ことを　考える　人です

3　話して　いて　楽しく　なる　人です

4　生活力の　ある　人

キーワード

●私のタイプじゃないわね。（彼は）いつも難しい顔をしていて、話をしても、ちっとも楽しくないの。

2番 　🎧137

1　謝って　います

2　怒って　います

3　驚いて　います

4　遠慮して　います

キーワード

●つまらないものですけど、どうぞ、お持ちください…ご心配をお掛けして申し訳ありません。

3番　🎧138

1　あかちゃんが　笑_{わら}う　こと

2　あかちゃんの　歯_はが　見_みえる　こと

3　あかちゃんの　耳_{みみ}が　自分_{じぶん}に　似_にて　いる　こと

4　あかちゃんの　目_めが　自分_{じぶん}に　似_にて　いる　こと

キーワード

● （赤_{あか}ちゃんの）耳_{みみ}の　形_{かたち}…嫌_{いや}なの？…ううん、すごくうれしい。

4番　🎧139

1　喜_{よろこ}んで　います

2　心配_{しんぱい}して　います

3　疲_{つか}れたと　思_{おも}って　います

4　寂_{さび}しいと　思_{おも}って　います

キーワード

●それが、5人_{にん}も一緒_{いっしょ}に来_きてね、三日_{みっか}も泊_とまっていったんですよ…まあ、それはたいへんでしたね。

5番　🎧140

1　重くて、黒いのです
2　軽くて、茶色のです
3　重くて、茶色のです
4　軽くて、黒いのです

キーワード

●重くなくて、軽いのがいいな…茶色、いや、やっぱり黒だな。

6番　🎧141

1　行く
2　行けないかも　しれない
3　行かない
4　遅れる

キーワード

●僕には来られないかもしれないと言ってましたよ。

7番　🎧142

1　ケーキより　甘いです

2　ケーキより　甘く　ないです

3　ケーキの　後では　食べられないです

4　ケーキと　一緒では　味が　分らないです

キーワード

●ケーキ食べたばかりだから、甘さが分かりにくいわ。コーヒーの後ならよかったわね。

8番　🎧143

1　色です

2　においです

3　ねだんです

4　形です

キーワード

●形もいいけど、においがね。ちょっと部屋の中では強すぎるわ。

9番　🎧144

1　少し　固いけど、おいしいです

2　高くて　固すぎです

3　柔らかくて　おいしいです

4　安くて　柔らかいです

```
キーワード
```

●わたしには固すぎるわ。味は悪くないけど。

●この店の方が高いのにね…。

10番　🎧145

1　まだ　8時半だから　ゆっくり　しなさい

2　もう　8時半だから、急ぎなさい

3　8時半から、学校が　始まりますよ

4　8時半だけど、家の　時計は　遅れて　います

```
キーワード
```

●急がないと学校に遅れるわよ。

11番　🎧146

1　あまり　時間が　かからなかったわね

2　予想より　多く　コピーしたわね

3　あまりに　時間が　かかりすぎよ

4　予想より　早く　終わったわね

（キーワード）

●50枚ぐらいのコピーに何時間かかっているんですか！

12番　🎧147

1　ちょうど　45歳に　見えます

2　45歳より　上に　見えます

3　45歳より　下に　見えます

4　15歳年上に　見えます

（キーワード）

●わたしより、15は年上だから、45のはずよ…えっ！ぜんぜん見えませんね。

13番　🎧148

1　あの　映画は　大好きなんだ

2　一日中　暇なんだ

3　宿題が　たくさん　残って　いるんだ

4　DVDプレーヤーを　持って　いないんだ

キーワード

●明日、一緒に映画に行けなくなったんだ。

14番　🎧149

1　小さすぎます

2　大きすぎます

3　ちょうど　いい　小ささです

4　ちょうど　いい　大きさです

キーワード

●やっぱり、このくらい大きくないとね。

15番　🎧150

1　値段が　安く　なって　広く　なる

2　値段が　安く　なって　薄く　なる

3　値段が　高く　なって　広く　なる

4　値段が　高く　なって　薄く　なる

キーワード

●少しは薄くなるだろうけど、それより値段がね。

●えっ、安くなるの?…そうらしいよ。

もんだい
問題 3

はつ わ ひょう げん
発話表現

●试题特点

　　根据"考试指南"介绍,该题型是为了测试考生能否立即得出符合情景的表达,内容将会涉及实际生活中常见的请求、依赖、劝诱、嘱托、道歉、拒绝、批评、忠告、表扬、赞赏、确认等各种情景会话。

　　该试题的情景设置通过插图及录音提示,要求考生把握"在此情景下应该说什么、怎么说",最后在录音中的三个选项中选择一个正确答案。

●试题形式

　　该试题的流程为:

　　听　　　　　　　　　　　　解

　　①短句问题(提问或话题) ⇒ 选项(录音)

1. 听短句问题(多为较短的单句)。
2. 从试题的三个选项中选择一个符合场景的正确答案。

問題3　発話表現

　問題3では、絵を見ながら質問を聞いてください。それから正しい答えを1から3の中から、一つ選んでください。

1番　🎧151

2番　🎧152

3番　🎧153

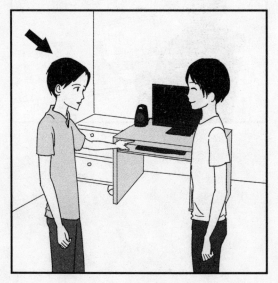

4番　🎧154

5番　🎧155

6番 🎧156

7番 🎧157

8番　159

9番　159

10番　🎧160

11番　🎧161

12番　🎧162

13番　🎧163

14番 🎧164

15番 🎧165

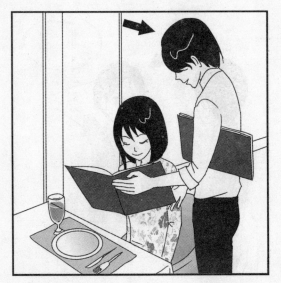

16番 🎧166

17番 🎧167

18番　🎧168

19番　🎧169

20番　🎧170

21番　🎧171

22番　🎧172

23番　🎧173

24番　🎧174

25番　🎧175

26番　🎧176

27番　🎧177

28番　🎧178

29番　🎧179

30番　🎧180

31番　🎧181

32番　🎧182

33番　🎧183

34番　🎧184

35番　🎧185

36番　🎧186

37番　🎧187

38番 🎧188

39番 🎧189

40番　🎧**190**

41番　🎧**191**

42番　🎧192

43番　🎧193

44番　🎧194

45番　🎧195

46番　🎧196

47番　🎧197

48番　🎧198

49番　🎧199

50番　🎧200

問題4

即時応答

●试题特点

根据"考试指南"介绍,该题型是为了测试考生能否在会话中即时作出合适应答,在各级别均有出题,内容涉及实际生活中常见的请求、依赖、劝诱、嘱托、道歉、拒绝、批评、忠告、表扬、赞赏、确认等各种情景会话。

试题以短句的问题形式配合三个应答选项,要求考生选择一个最符合问题情景的应答句子。简而言之,是考查如何"接对方的话"的考题。除 N4～N5 外,该题型多用会话体即口语形式,因此会出现诸如助词省略、缩略语、倒装句等口语特有的表达形式。

●试题形式

该试题的流程为:

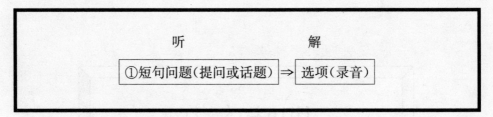

1. 听短句问题(多为较短的单句)。
2. 从试题的三个选项中选择一个符合场景的正确答案。

問題4　即時応答

　問題4では、絵などがありません。まず、文を聞いてください。それからその返事を聞いて、1から3の中から、正しい答えを一つ選んでください。

1番　🎧201

―メモ―

2番　🎧202

―メモ―

3番　🎧203

―メモ―

4番　🎧204

---メモ---

5番　🎧205

---メモ---

6番　🎧206

---メモ---

7番　🎧207

---メモ---

8番　🎧208

―メモ―

9番　🎧209

―メモ―

10番　🎧210

―メモ―

11番　🎧211

―メモ―

12番　🎧212

```
―メモ―
```

13番　🎧213

```
―メモ―
```

14番　🎧214

```
―メモ―
```

15番　🎧215

```
―メモ―
```

16番 🎧216

—メモ—

17番 🎧217

—メモ—

18番 🎧218

—メモ—

19番 🎧219

—メモ—

20番　🎧220

―メモ―

21番　🎧221

―メモ―

22番　🎧222

―メモ―

23番　🎧223

―メモ―

24番　🎧224

―メモ―

25番　🎧225

―メモ―

26番　🎧226

―メモ―

27番　🎧227

―メモ―

28番 🎧228

─メモ─

29番 🎧229

─メモ─

30番 🎧230

─メモ─

31番 🎧231

─メモ─

32番　🎧232

―メモ―

33番　🎧233

―メモ―

34番　🎧234

―メモ―

35番　🎧235

―メモ―

36番　🎧236

―メモ―

37番　🎧237

―メモ―

38番　🎧238

―メモ―

39番　🎧239

―メモ―

40番　🎧240

—メモ—

41番　🎧241

—メモ—

42番　🎧242

—メモ—

43番　🎧243

—メモ—

44番　🎧244

```
―メモ―
```

45番　🎧245

```
―メモ―
```

46番　🎧246

```
―メモ―
```

47番　🎧247

```
―メモ―
```

48番　🎧248

―メモ―

49番　🎧249

―メモ―

50番　🎧250

―メモ―

付録：

◎口語縮約形

1. こりゃ・そりゃ・ありゃ⇒これは・それは・あれは

○　「このやりかたでいってもいい？」「そりゃだめだよ。」

2. ～けりゃ⇒ければ

○　こんなに高けりゃ、買えないわ。

3. じゃない⇒ではない

○　日本語能力試験はそんなに易しい試験じゃない。

4. それじゃ⇒それでは

○　それじゃ、あしたまたね。

5. ちゃ（じゃ）⇒ては（では）

○　5人いっしょに仕事を休んじゃ困るなあ。

6. ～ちゃう・じゃう⇒てしまう・でしまう

○　かさを電車の中に忘れちゃった。

○　猫はとうとう死んじゃった。

7. って⇒と／とは／というのは

○　「PK」ってどういう意味なの？

8. ～てる⇒ている

○　「きみ、何してる。」「手紙を書いてる。」

9. ～てない⇒ていない

○　「昼食は？」「まだ食べてない。」

10. ～とく⇒ておく

○　きみの話、ちゃんと覚えとくよ。

11. とこ⇒ところ

○　まだ着かないの？おばあちゃんのとこ、遠いね。

12. ～ないと⇒ないといけない／ないとならない

○　月末までにお金を払わないと…。

13. ～なきゃ⇒なければ

○　お金なきゃ、困るね。

○　すぐ行かなきゃ電車に遅れるよ。

14. なくちゃ⇒なくては

○　はやく行かなくちゃ間に合わないぞ。

15. 〜の↗

○　きみ、今何やってるの？

16. 〜の↘

○　「きみ、今何やってるの？」「ぼく、今勉強してるの。」

17. ん⇒の

○　これ、どこで買ったんですか。

18. ん⇒ら

○　そんなこと、ぼくにもわかんないよ。

19. ん＝る

○　きみ、今何やってんの？

20. ん⇒れ

○　400点取れたなんて、信じらんないねえ。

21. もん⇒もの

「どうして遅れたの？」「だって、バスが故障したんだもん。」